文字魔法師

文／徐國能　圖／劉宗慧

商務印書館

文／徐國能（2011）　圖／劉宗慧（2011）

本版由 ©2017 台北信誼基金出版社授權出版發行

文字魔法師

作　　者：徐國能

繪　　圖：劉宗慧

責任編輯：鄒淑樺

封面設計：李莫冰

出　　版：商務印書館（香港）有限公司

　　　　　香港筲箕灣耀興道 3 號東滙廣場 8 樓

　　　　　http://www.commercialpress.com.hk

發　　行：香港聯合書刊物流有限公司

　　　　　香港新界大埔汀麗路 36 號中華商務印刷大廈 3 字樓

印　　刷：美雅印刷製本有限公司

　　　　　九龍觀塘榮業街 6 號海濱工業大廈 4 樓 A

版　　次：2017 年 9 月第 1 版第 1 次印刷

　　　　　© 2017 商務印書館（香港）有限公司

　　　　　ISBN 978 962 07 5748 8

　　　　　Printed in Hong Kong

一・文字家族

今天是小雲九歲的生日。從上個星期開始，小雲就在猜測爸爸和媽媽會送她甚麼生日禮物。小雲心中的第一名，是一輛粉紅色的越野腳踏車；第二名是全身毛絨絨的泰迪熊；第三名是一個多功能卡通圖案的電子錶。

不過一早醒來，出現在她桌上的是一本厚厚的大書，封面寫了大大的「字典」兩個字。小雲不免有一點失望，不過翻開第一頁，在空白的地方，爸爸寫了一句話：「將這個世界上最神奇的一本書送給小雲，並祝生日快樂。」

吃早餐時，小雲還是忍不住問媽媽這本

字典有甚麼神奇之處？媽媽要她趕快喝完牛奶，然後一起來研究研究這本字典的秘密。吃完早餐，媽媽拿出一張卡片，說她好久沒有寫信問候美國的小阿姨了，問小雲願不願意幫她寫。小雲急着想知道字典的秘密，就說：「媽咪，現在大家都是打電話了耶，寫信又慢又麻煩。」

「不不不，妳千萬別這麼想。」媽媽說：「打電話是很方便沒錯，但是寫信啊，能把妳現在的想法全部留下來。幾十年過去了，有些事妳可能已經忘了，但信裏面卻都記得一清二

文字家族

楚，可以幫妳想起現在這個時刻，那是很珍貴的喔！」

「好吧！」小雲拿起鉛筆說：「妳唸，我寫。」

「親愛的 qióng 粵 king⁴ 珍，一切平安……」媽媽開始唸了。

不過小雲馬上遇到問題：「媽咪，qióng 粵 king⁴ 珍阿姨的瓊是哪一個 qióng 粵 king⁴ ？」

「就是斜玉旁，qióng 粵 king⁴ 樓玉宇的 qióng 粵 king⁴ 啊！」

「喔喔，我不會寫。」小雲說。

「那麼我們來問問妳的新字典吧！」

小雲搬來了字典。「要怎麼問呢？」小雲問。

「妳翻到前面幾頁，」媽媽說：「有注音的那裏。」

「找到了。」小雲說：「這樣我會了！」

「妳會嗎？」

「會啊！qióng  king⁴，」小雲說：「先找到 q，再找 iong，然後二聲，找到了，好多字喔，是哪一個？」

「這個，」媽媽指着其中的一個字說：「第八百零二頁。」

小雲趕緊翻到八百零二頁，從幾十個字中找到了「瓊」字，字典上寫：「美玉」。小雲問：「瓊，是不是指古代那種很漂亮的玉呢？」

「是啊，沒錯。」媽媽說：「妳可以往下看一看，有哪些詞彙是和『瓊』有關的。」小雲找到了「瓊林」、「瓊英」、「瓊瑤」、「瓊樓玉宇」、「瓊漿玉液」等等，每一個詞的意思都很新奇，小雲看得津津有味。

「嘿，媽咪，」小雲說：「我發現一個很

特別的地方喔。妳看，這一頁的字，旁邊都有一個王，下一頁和前一頁都是喔。」「這個『王』，就是這些字的『部首』啊！」

媽媽說：「這代表這些字都有共通之處喔，而且這不是『王』字，妳仔細看，它們最後一筆，都有一點斜斜的，對不對？」

「是啊，真奇怪。」

「這是一個『玉』字。」媽媽說：「不過，『玉』在當成『部首』時，就省略那一點，而用斜斜的一橫來代替，我們簡單地叫它作『斜玉旁』。」

「原來如此，為甚麼一個字要有部首呢？」

「妳看這頁的字，像是璨、璧、璿、璽，這些字的意思是不是都和玉有關係？」小雲逐一閱讀了每個字的意思，發覺真是如此。

媽媽說：「大部分的時候，部首代表了這些字的共通意思。字也像我們人一樣，有一個一個的家族，我們人用姓來表示，字就用部首來表示。同一個姓的人，我們追本溯源，可以發現他們在很久很久以前，可能有血緣關係；而字呢，同一個部首的，也代表它們在意思上，可以屬於同一個家族。」

「好有趣啊，字的家族。」小雲說：「媽媽，我看妳還是自己寫信，讓我來好好研究這

些家族。」

　　「喔，妳慢慢研究吧。」媽媽說：「妳看字
典最前面的地方，所有的部首都在那裏喔！」

　　「真是太棒了。」

二、最有學問的人

在小雲的一番研究下，小雲發現了幾個有關部首的特色，筆畫最少的部首是一畫的：「一」、「｜」、「、」、「丿」、「乙」、「亅」，筆畫最多的部首是十七畫的：「龠」。其中：人部、木部、水部、草部這些字最多，超過幾百個；而龜部、黹部、屮部等部首的字都很少，不到十個。有些字當成部首使用時，它的寫法要稍微改變，如肉部要寫成比較胖的月字「⺼」，「辵」當部首時，要寫成「辶」。有些字則是有時變形、有時不變形，例如「江」與「漿」都是水部，但一個寫成左邊的三點，一個寫成底下的水；或是「燒」和「然」，都是火

部，但一個火在左邊，一個火則是寫成底下四點。還有一些部首一模一樣，但因位置不同，意思也完全不同，比如說像耳朵的「阝」，放在左邊是「阜」部，右邊是「邑部」；同樣是一個四方形的「口」，在左邊時多半當口部使用，如：唱、喝、喚，但放在外面包住另一個字，則要當作「圍部」來使用，如囚、困、園等。

中午時，小雲將她的研究說給爸媽聽，爸媽都很佩服小雲。只是小雲還有個問題：部首除了幫助我們了解字的家族關係以外，還有沒有其他的功能呢？

「當然啦，我們如果要像一個考古學家研

究恐龍一樣，去考察每一個字從古到今的演化，」爸爸說：「部首就是一個很重要的線索了。不過一般人對部首的了解，最方便的是查字典時可以派得上用場。」

「可是，」小雲說：「查字典不是用拼音就好了嗎？」

「那可不一定喔，讓我想想。」爸爸起身到書櫃前拿了一本《台灣的物產》，翻開其中一頁說：「妳看，像這個字，」爸爸指着「籼米」：「妳知道該怎麼唸嗎？」

「不知道。」小雲搖搖頭。

「是啊，如果一個字我們不知道它的讀

音，卻又想知道它的意思，」爸爸說：「我們就要請部首來幫忙了。」

「我懂了。」小雲說：「我們先找到它的部首，可是……字典中好像有『禾部』也有『山部』，這個『秈』應該是哪一部呢？」

「妳看，在書上它叫『秈米』，我想可能跟米比較有關，所以……」爸爸說。

「對，一定是『禾部』，稻米的『稻』也是禾部，以家族來說，秈跟稻一定有關，所以我猜是禾部。」

「沒關係，我們

先找找看。」爸爸說。小雲很快找到了「禾部」。「接下來呢？」

爸爸說：「我們來數一數『山』有幾筆畫。」

「一、二、三、四……」小雲一邊數數，一邊認真地在空氣中先寫了三豎，再畫上一條橫線，寫了一個「山」字：「四畫吧！」

「那麼，妳找禾部四畫的地方，看看有沒有『秈』這個字。」爸爸說。小雲往後翻了幾頁，找到了四畫，但是四畫中卻只有：科、秋、秅、种、秒等，並沒有「秈」字。「難道它是山部嗎？」小雲感到不解。

税
秋
移
袤
秒
稻
稈
稞
秧
海
稻
租
秣
花
禾
來

米 米 米
米 米
米 米 米 米
米 米
米 米 米

禾 禾 禾 禾
禾 禾 禾
禾 禾 禾 禾
禾 禾 禾

山
山 山 山
山 山 山 山
山 山 山 山
山 山 山
山 山

「先不要急。」爸爸說：「我們來重新寫一個『山』字，數一數它有幾筆。」

小雲在白紙上先寫了一長豎，又分別在它的左右寫了兩短豎，最後再用一根橫線將這三豎的底部連起來，並且唸着一、二、三、四。爸爸看了以後說：

「嗯，妳看看我寫的喔！」爸爸也先寫了一豎，說：「1」，然後在它的左邊直接寫了一短豎，並且轉彎連着寫了底下的一橫線，說：「2」，最後在右邊用一短豎連上橫線，說：「3」。

「原來如此，那麼是三筆畫囉！」小雲說：「讓我找找。」果然，禾部三筆畫的有：秉、

秈、秈等字。「找到了，唸成 xiān 粵 sin¹，意思是早熟而沒有黏性的稻米。」

「對啦！」爸爸說：「妳看，部首不是幫了我們很大的忙嗎？」

「我明白了。」小雲說：「原來遇到不會唸的字，我們只要找到它的部首，再數一數它

有幾筆畫，就可以找到這個字啦！」

「是啊，所以先想一想這個字可能是甚麼部首，然後算清楚它的筆畫是很重要的。」爸爸説：「因此我們要明白每一個字的筆順，由上而下，由左而右，由外而內，該連起來的不要斷掉，不該連起來的一定要分開，這樣就不會搞錯啦。」

「而且，」媽媽過來補充説：「我們照着筆順寫，字才會漂亮喔。」

「嗯，可是我還有一個問題。」小雲説：「萬一我遇到一個字，它的讀音很難，是我不會唸的，但是又沒有辦法看出它是甚麼部首，

最有學問的人

這又該怎麼辦呢？」

「是有這類的字喔。」爸爸又從書架上找到一本書，翻到了「周代的鼎彝」那一頁，「妳看這個字：『彝』，長得很怪吧！我們要怎麼找它呢？」

「它有可能是米部、絲部或廾部。」小雲說：「好像都不像耶！讓我來一個一個找找看，筆畫真是難算啊！」

「對啊，為了節省時間，」爸爸說：「編字典的人都很細心，他們特別把這類怪字、難字做了一個『難檢字總筆畫索引』，妳找找字典中有沒有這一個部分。」

「有，在詞典正文的前面。」小雲說：「是不是也由筆畫來找？讓我數數……」小雲一共數三次，才確定「彝」有十八畫。果然，在十八畫中找到了「彝」字，標明是在三百九十八頁，唸成「yí 粵 ji⁴」，意思是：「古代祭祀的禮器。」

「哇，好開心啊！」小雲說：「這下沒有字可以難倒我了！」

最有學問的人

「妳看，這是不是一本很神奇的書呢？」
媽媽笑着説：「字典可以説是世界上最有學問
的人呢！」

「是啊，現在我想問問這個最有學問的
人，這個『祀』是甚麼意思。」

「呵呵，小雲愛上查字典啦！」爸爸説：
「不過，我們要先出門一趟，有一輛小小的越
野腳踏車在公園旁的車行等妳去試高度，並且
把它騎回來呢！」

「是嗎？太棒了！」小雲跳了起來。「希
望是粉紅色的喔！」

三·兩個字等於一個字

自從有了字典，小雲寫中文生字造詞時，就可以不必參考輔助資料了。王老師要大家寫出每個生字的意思，並且造兩個「詞」，小雲總是可以從字典中得到很多有趣、新奇的答案。雖然自己查字典，功課寫得比較慢，但是有時可以認識很多課本上沒有的字，小雲覺得很有收穫。

　　不過小雲最近發現了一個秘密，在字典中，每一個字的底下都會有解釋，但有些字下面卻沒有解釋，而是要你直接參考底下的「詞」，如「螃蟹」的「螃」，字典中就寫着：「見『螃蟹』」，「麒麟」的「麒」也是這樣；而且小

雲還發現，這類字大多只能造出一個「詞」。小雲寫功課時，最怕遇到這種字了。

了解了小雲的煩惱，爸爸說這是個很重大的發現，因為他以前一直以為，凡是漢字，每一個字都必定有專屬的「字形」、「字音」和「字義」，但這類字卻必須和另一個字在一起才有意義，單獨出現時，雖然有形體、有讀音，卻沒有任何意思。「這究竟算不算是一個字呢？」對於小雲的問題，爸爸說他要思考一下。

三天後，爸爸很高興地對小雲說他已經知道答案了。原來這類字其實很多，像名詞中

的「葡萄」、「駱駝」、「鵪鶉」、「蜘蛛」；動詞的「徘徊」、「躊躇」、「蹉跎」；形容詞的「蜿蜒」、「朦朧」等等，都是這類文字。它們有一個名稱叫：「聯綿字」，也有人稱「聯綿詞」。

「這種字很好玩喔！」爸爸說：「『聯綿』就是連續不斷的意思，它們是漢字裏面很特別的一族，需要兩個字一起出現才能產生意義，因此兩個字等於一個字。而且妳有沒有發現，這些字的部首⋯⋯」

「對，它們的部首都是一樣的！」小雲說：「葡萄都是草部，駱駝都是馬部，躊躇都是足部，朦朧都是月部。」

「還有還有，」爸爸說：「注意一下它們的讀音喔。駱駝都有『uo』，蜘蛛都有『zh』，躊躇都有『ch』，朦朧都有『ng』。」

「真的！」小雲說：「好特別喔，快告訴我這是怎麼一回事！」

「聯綿字其實也可以算是字的一種。它們最早出現，有可能是模仿聲音而來，因此它們很多都是『形聲字』，讓大家從聲音想到那樣東西或那種感覺。而拼音聲母一樣的，我們叫它『雙聲』；拼音韻母相同的，我們則稱為『疊韻』。聯綿字中，很多都是雙聲或疊韻喔！」爸爸慢慢解釋：「因為啊，古代的人，有時說

兩個字等於一個字

話比較慢，有時把尾音拖得比較長，一個字聽起來就像兩個字一樣，在寫成文字的時候，就被記成兩個字啦！」

「原來如此。」小雲說：「可是我還是不明白，這種聯綿字到底有甚麼用呢？」

「基本上，聯綿字可以為很多事物命名，像螳螂、琵琶，都是一種特別的東西，聯綿字好像表現了那種複雜的樣子。」爸爸喝了一口茶繼續說：「有時還可以表現一些很難表現的感覺，比如說『鏗鏘』就是金屬相撞的聲音，不用這兩個字，還真是難以傳神地表現呢！」

「那我在造詞的時候該怎麼辦呢？我們規

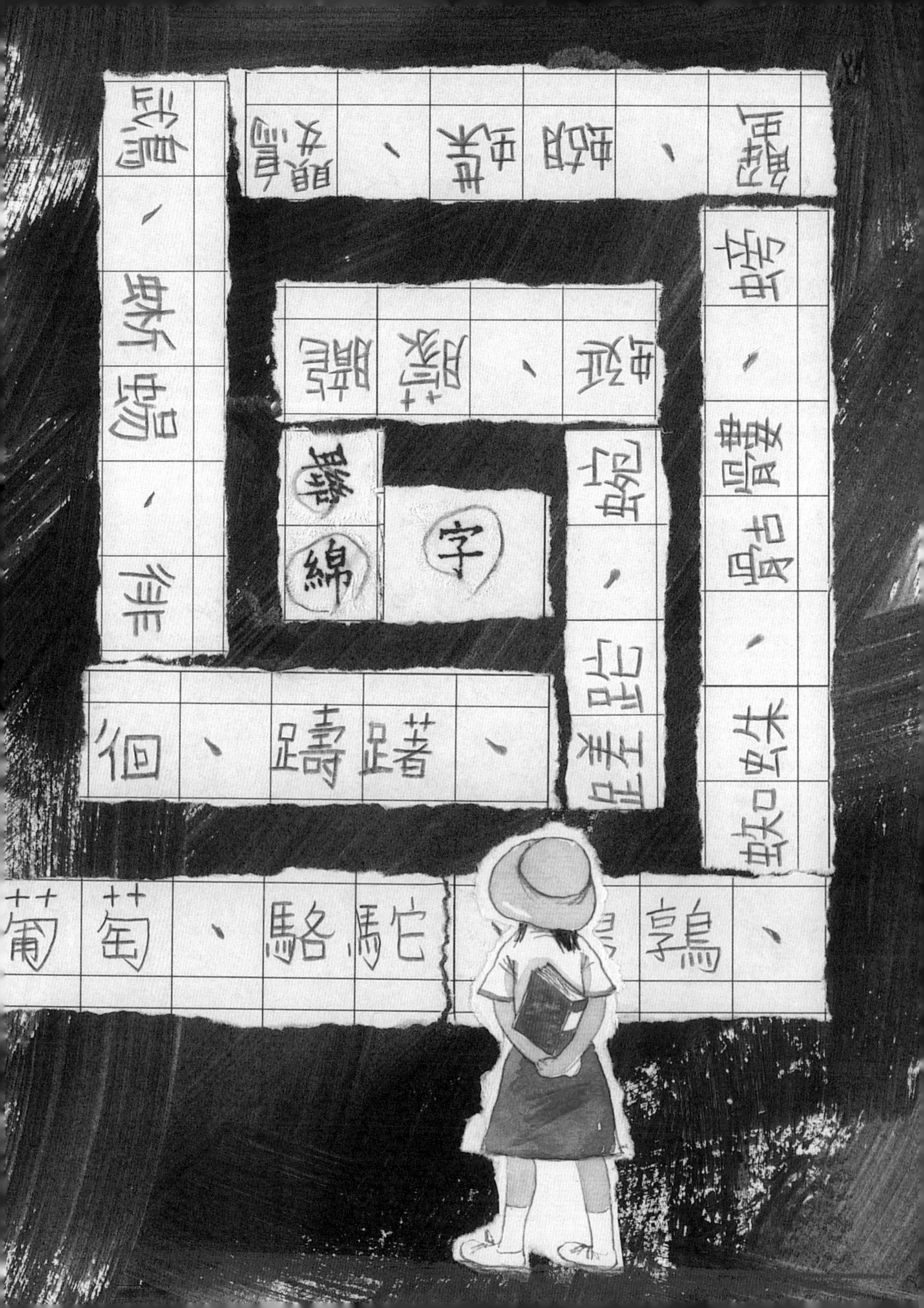

葡萄、駱駝、
綿
字

定要造兩個詞，但是這個聯綿字都只有一個詞啊！」

「呵呵呵……」爸爸笑着說：「我們不是說聯綿字是兩個字等於一個字嗎？所以要造詞的話，應該是這個聯綿字的前後再加上其他的字呀！例如『葡萄』妳可以說……」

「葡萄汁。」

「鵪鶉的話……？」爸爸問。

「鵪鶉蛋。」

「對啦！」爸爸說：「我想妳應該明白了吧。以前我們有一首老歌，叫『月朦朧，鳥朦朧』，也是幫『朦朧』這個聯綿字造了兩個詞

呀。」爸爸説完便唱起了這首老歌。

　　隨着爸爸的歌聲，小雲又在字典中找到了不少聯綿字。像餛飩、蜻蜓等，她還幫它們造了好幾個詞呢！

四‧文字大變形

從前從前，山中的小木屋裏住着三個姐妹，她們十分善良。有一天黃昏，她們的門前出現了一對老夫婦。

老先生說他們在森林裏迷了路，又累又餓，能不能在這裏借住一晚。三姐妹很熱情地款待了這對老夫婦，為他們準備了豐盛的晚餐和柔軟的牀。第二天早上，老夫婦要離去時，拿出了一袋金幣送給她們，但三姐妹卻不肯收下。

老太太稱讚她們是善良而正直的好人，可以幫她們每個人完成一個願望。喜歡唱歌的大姐說她想要自由地飛行，這樣她就可以看看

這個廣大的世界。老先生手指一揮，大姐就變成了一隻歌聲優美的小鳥，快樂地飛上了天空。

美麗的二姐希望自己能永葆美麗。老先生將她變成滿山遍野的繁花，每到春天就重新盛開。

喜歡幻想的三妹想了很久，説她希望能變成自己心中幻想的任何東西。老先生手指一揮，將她變成了白雲，永遠有不盡的變化。

所以後來人們來到山中，小鳥嘹亮的歌聲、繁花美麗的顏色與變幻不定的浮雲，永遠熱情地款待着他們。

  文字大變形

小雲很喜歡這個故事。她想像自己就像三妹一樣，自由自在地隨着清風，變化成各種形狀。陪着小雲一起讀完故事的媽媽也很喜歡這個故事，她告訴小雲：「雖然我們沒有魔法，但是我們的文字也可以不斷變形，產生各種不同的意思喔！」

　　這立刻引起了小雲的好奇心。媽媽拿了幾張色紙，剪成了幾個長條，用三橫三直排成了一個「田」字。「妳看喔，小雲。」媽媽拿起較長的一張紙片取代「田」字中間的筆畫，立刻就變成了一個「由」字。媽媽又拿了一張更長的紙片替換，「由」字就變成了「申」字啦。

媽媽再將「申」字換回之前的紙條，卻把筆畫往下出頭，又變成了一個「甲」字。

「好有趣喔！」小雲說：「還有別的嗎？」

媽媽接着在桌上排了一個「木」字，又拿了一張短紙條橫放在木字的下面，這樣就變成了「本」字。然後媽媽又把短紙片移到木字的上頭，就變成了「未」字。最後，媽媽將紙片移到中間，這樣就是「末」字啦！

「這個我也會！」爸爸忍不住也跑來加入文字變形的遊戲。他先將三橫一直的筆畫紙條排成了「王」字；然後在「王」上放了一截短紙片，就變成了「主」字；然後將這一截短紙片

放在底下的一橫上，變成了一個「玉」字。

「真好玩，我也來試試。」小雲想了一下，排了一個「大」字；然後用一小段紙片放在右上角，變了一個「犬」字；又將這小點移到左下角，變了一個「太」字。「真是太棒了！」爸媽一起用力鼓掌。

小雲意猶未盡，把一點換成一橫，加在「大」字上變成了「天」字；又往下移了一點點，變了個「夫」字，小雲這麼會變法術，讓爸媽都驚歎不已。小雲拿起「夫」字的一橫，改為直筆畫放在「大」字中間，又變回了一個「木」字。爸爸將媽媽剛才排的「木」字和小雲

的「木」字放在一起，出現的是一個「林」字。

這時媽媽將爸爸剛才排的「玉」字移到「林」字的旁邊，出現的是一個「琳」字。這正是媽媽的名字，三個人都開心地大笑了起來。

「原來我們的文字這麼好玩。」小雲説：「好像魔術一樣。」

「是啊，我們就是故事中會變魔術的魔法師。」媽媽説：「手指動一動，這些字就變成了另一個字啦！」

「沒有錯。」爸爸説：「在遠古時代，文字和鬼神有密切的關係，很多人都把懂得文字的人，視為有特殊的巫術法力，所以文字具有

一種神奇的力量。」

「聽起來有點可怕呢！」

「不會的。」爸爸說：「妳看，幾年前的事妳一定忘記了，但如果妳用文字記下來，不就甚麼事都不會忘了。」

「還有，」媽媽說：「妳把妳心中所想的用文字寫下來，別人看了，不必妳說就能懂得妳的想法，這不是也很奇妙嗎？以前的人啊，就把這些當成是一種法力喔！」

「那我們現在每個人都是魔法師啦！」小
雲說。

「對，妳要好好運用這個法力喔。」

五‧文字魔法師

小雲覺得文字真是奇妙而有趣。這天，她的學校舉行的校慶運動會。星期六一早，小雲就換上了運動服，和爸爸媽媽一起參加。當天有大會體操、賽跑、拔河、趣味競賽等有趣的活動，還有各年級的表演。其中六年級表演的疊羅漢最精彩。他們穿着紅、藍、黃、綠、黑、白等各色的服裝，層層上疊，造成了不同顏色的人塔，讓大家拍紅了手掌。

　　晚上回家後，小雲又翻起她最愛的字典，無意中看見了「水」部的「淼」字，這讓她想起了運動會中的疊羅漢表演。她想起學過的「森」、「品」、「晶」、「卉」等字，好像都是

由三個同樣的字所疊起來的。小雲覺得很有趣，問爸爸還知不知道有其他這類疊羅漢的字。爸爸與小雲一起查字典，發現了由兩個相同的部件所組成的字有「比」、「林」、「絲」、「朋」、「羽」、「喆」、「囍」、「昌」、「出」、「呂」；小雲說這類是雙胞胎字。至於她所好奇的疊羅漢字，她又發現了「鑫」、「垚」、「焱」、「驫」、「犇」、「麤」等，真是有趣極了。小雲想到下星期要和汪大洪一起在「說話課」上介紹一個有趣的主題；汪大洪本來主張介紹恐龍，不過小雲覺得如果把這些有趣的文字當作主題，一定也很不錯。她立刻打電話給

汪大洪，約好了明天來家裏一起討論。

　　第二天，汪大洪與哥哥汪大海一起到小雲家。他們還抱來了一大本厚厚的「康熙字典」，說是從爺爺家裏特別借來的。三人研究了一個早上，整理出了不少有趣的文字，除了雙胞胎字、疊羅漢字，汪大洪還發現了一種「三明治字」，像：「弼」、「掰」、「辨」、「辯」、「辮」，左右相同，裏面卻不一樣，很像兩片土司夾了火腿呢。還有一種「四角獸字」，像「囂」、「器」，四個角都是「口」，很像野獸的四個蹄子。

　　小雲說起了上一次玩的文字變形魔法，

汪大洪更是感興趣。他發現了像「峰」，如果把「山」擺在上面寫成「峯」，還是同一個字；「啟」將「口」字放在右下角為「啓」，也同樣是一個字。不過如果是「枷」和「架」、「杳」和「杲」、「們」和「閃」、「杏」和「呆」，因為組合的位置不同，立刻就變成兩個不一樣的字啦！

「真是太神奇了。」汪大洪說：「很多字我都會，但從來沒想過它們組成的方式是這麼有趣。」

「對啊！發明這些字的人真是厲害，好像在變魔術一樣。」小雲說：「我爸爸說，遠

古時代，人們都將懂得文字的人當作魔法師呢！」

「嘿，我有一個想法。」汪大洪說：「說話課那天，我來扮成發明文字的魔法師，妳當我的小精靈助手，我們用這種方式來向大家介紹這些有趣的文字。妳說怎麼樣？」

「不行啦，這些字是我發現的，應該我來當魔法師，你來當小精靈助手才對！」

「我也想了很多字啊！」汪大洪說：「不然我們猜拳決定好了？」

剪刀、石頭、布……經過了三戰兩勝，他們終於決定了，由小雲當魔法師，汪大洪當

小精靈助手。不過汪大洪很不服氣：「哪有小精靈長得比魔法師高的這種組合嘛！」

六‧文字發明大王

小雲和汪大洪決定，在說話課向全班同學介紹有趣的文字造型與字體變化。不過小雲想到一個問題，到底這麼多文字是誰發明的呢？汪大洪的哥哥汪大海很熱心地幫他們上網找資料，發現很多人都說是一個叫「倉頡」的人所發明的；而且，據說這位倉頡是「黃帝時代」的史官。這讓小雲更加迷糊了。這位「倉頡」是誰，他又是怎麼造出文字的呢？

　　小雲、汪大洪、汪大海決定一探究竟，爸爸和媽媽也加入了這個研究的團隊。他們發現，許多書上都記載：遠古時代的人並沒有文字，他們遇到重要的事情，經常在繩子上打個

結當作記錄。不過隨着時代慢慢進步，要記載的事就更多、更複雜了，「結繩記事」已經不能滿足當時的需要，所以依照物體的樣貌所畫的圖案，或是表示意義的符號漸漸產生，這應該才是文字發明的過程。至於黃帝，可能是距今四千年前的一個部落酋長，所以「倉頡造字」，可能只是一個美麗的傳說而已。

　　這樣的答案讓小雲有點失望，原來文字並不是由一個人所發明的。不過小雲仍然發現了一些有趣的

事。有些資料記載，除了古中國外，世界上其他的古文明也有古老的文字，像非洲的埃及與地中海的克里特文明，他們的古文字有許多都與我們十分類似，例如日、月、山、草這些字，可見從「圖畫」變為文字，是人類共同的歷史發展啊！

不過在爸爸的努力下，他還是發現了一位文字發明家，那就是我國歷史上唯一的女皇帝「武則天」。她發明了：天（兏）、日（乙）、月

（卍）、年（𠡦）、照（曌）、國（圀）、幼（庎）

等新字。據說在她當皇帝的時候，這些字還風

行一時呢！不過這些字在後來就乏人使用，而

漸漸被人所遺忘了。媽媽則是發現，在內地所

使用的簡體字，原本是由我們慣用的繁體字簡

化而來的，也可以說是一種文字的新發明，例

如：「廠」變成「厂」、

「點」變成「点」、「懷」

變成「怀」。而汪大海

則是在網絡上，發現了

不少「網友」自己造的

怪字，例如他們將「圖

書館」寫成「圖」，「幼稚園」寫成「囥」。汪大海說這也可以是一種發明。但是小雲覺得網絡上這類「發明」太少人知道，也太少人使用，字典中也沒有，應該不能算真正的文字，汪大洪也很同意小雲的意見。

「不過，」爸爸說：「文字的主要功用是人與人之間的溝通，其實是誰造的並不重要。只要我們能把現在的每個字都寫得正確、寫得美麗，那才是最重要的。」

小雲有時寫字太急，筆畫就會黏在一起，或是少一點甚麼的，所以小雲決定，她以後寫字一定要端正整齊，否則文字發明大王當不

成，反而變成錯字大王，那就糟糕啦！

　　累了一天，爸爸決定請大家好好吃頓晚餐，大家都很高興今天解決了那麼多深奧的問題。

作者的話

文/ 徐國能

和孩子一起
玩出中文字的美好
與樂趣

　　我很喜歡子敏（林良）在《小太陽》裏面說過的一句話：「只拿過劍，從來沒拿過小銀調羹的手，不會是一隻真正偉大的手。只拿過筆，從來沒拿過小銀調羹的手，不會是一隻真正不朽的手。」我常常想，如果我只是寫了許多沉悶的學術論文、修辭雕琢的詩或散文，而沒有為孩子寫下一個故事，那麼我能算是一個文學創作者嗎？

　　為孩子寫故事不是一件容易的事，我們要忘掉自己當下的年紀與身份，回到多年前的情境、心態和語言裏，而且，最難的，是不去「說教」，只是單純地以故事當作遊戲，和孩子們一塊玩。

　　在寫這些小故事的過程中，我慢慢回想起許多我小時候讀過的故事，那些故事讓我有了不一樣的童年：在無所事事的時候找到消遣、在物質匱乏的時候感到富足、在平凡的生活裏充滿驚奇。

而我也深深相信，故事裏的點點滴滴也都成為一部分的「我」，讓我在大人的世界裏，經常還是喜歡眺望遠方，經常還是滿懷奇想。童年的故事使我更加豐富，那珍貴的閱讀經驗無可取代。

　　《文字魔法師》是在這種心情下完成的，如果有小讀者能夠在其中感到一點樂趣，或是覺得有所收穫，那將是我最高興的事，那也將是我學習文學、創作文學的歷程中，最有意義的一件事。《文字魔法師》和《字從哪裏來》一樣，並不是要告訴大家甚麼知識或學理，只是想透過這本小書，和朋友們一起分享中文字的美好與樂趣。也許小朋友在讀了這本書後，能夠自己發現更多的文字以及生活中的趣味，成為一個更快樂的小學生。祝大家在故事裏玩得開心。